薔薇のかおりの夕ぐれ

Evening Rose Romantic
-Love songs for young souls-

野呂昶　愛の詩集

てらいんく

薔薇のかおりの夕ぐれ

もくじ

Ⅰ

薔薇のかおりの夕ぐれ

薔薇のかおりの夕ぐれ

薔薇のかおりの夕ぐれ
いとしい人の面影
みんな　シルエットになって
通りすぎていく

薔薇のかおりの夕ぐれ
街をやすらぎがつつみ
心はなお　ほのかに明るく
空にただよい

白い指

あれは　野原だったか
教室だったか
あなたはピアノに向い
ショパンのポロネーズを弾いていた

細い白い指が
動くたびに
青い空が広がり
小鳥が飛びかい

花がゆれ
光が　まわりに充ちた
それからだった
あなたの顔がまぶしく
まっすぐ　見られなくなったのは

ちょうちょのかたちで

さっきまで
ちょうちょが　とまっていた
スイートピーのはな

もう　いない

スイートピーは　おもっている
ちょうちょが　はなしていったことを
ちょうちょのかたちで

あなたのほほえみは

あなたがいるところは
いつでも　よろこびがただよい
こころは　なにかとうといものに
おしあげられる

あなたのほほえみは
どんなはなよりも　うつくしい
つえをついた　としよりにも
うばぐるまの　あかちゃんにも

のきの　ことりたちにも
そして　それらのどんなものよりも
わたしに　ときめきをあたえる

もう一度だけ

勉強がうつろで　手につかない
わたしは机に　ほほづえをつき
窓の外を眺めている

と　からっぽのコップが笑った
壁のクレーの絵が
わたしに手をのばした
数字がノートからこぼれ
ダンスをはじめた

わたしは驚いて　目をしばたいた
とたん
コップも　クレーも　数字も
もとに戻って　しーんとした

あのひとに　もう一度だけ
手紙を書こう

ひとり思っている

静かな夕べ
落ち葉が　はらはらと散っている
葉の上には　まだ日がのこっていて
ほのかに明るい

谷川のせせらぎの音がしている
岩たちが黙りこくって哲学者のようだ
野菊がかすかに夕日をともしている

わたしは野にひとり立って
あなたを思っている

きのう交わした言葉のひとことひとことが
夕日にそまって　きらめいている

かけていく

いちめんの菜の花畑
あなたの姿が　その中で
見えかくれする

ちょうちょが　かすみのように
まわりを飛びかい
あなたは　まっすぐ
あんず畑の方へ　かけていく

空が大きく弧をかいている
ときどき　立ちどまって
手をふる
わたしは見失わないよう　ついていく

ときめくレモン

あなたの白い手が　レモンに触れる
ほほえむ　レモン
かがやく　レモン

あなたのやわらかな手が　レモンを包む
ほほそめる　レモン
ときめく　レモン

あなたが　空を見ると
レモンも　空を見る

レモンが　あなたにそまる
あなたが　レモンにそまる

凍てつく小鳥

いつから霧の中を歩いているのだろう
並木は姿をうしない
淋しさが影をつくり
空と地面が私の中を歩いている

いま小鳥が　ちっと鳴いたが
一瞬に凍てついてしまった

雪の日

毎日　雪が降り
家はすっかり雪に埋れてしまった
吹雪の音が　屋根の上のほうでしている

部屋は凍てついて
時計の針もとまってしまった

けれど　わたしは少しも寒くはない
あのひとを思っているだけで
春の中にいるように思える

Ⅱ　みやこわすれ

みやこわすれ

ゆうもやの　むこう
うすむらさきのはなが　うかんでいる

わたしは　てをのばす
どんなに　てをのばしても
とどかない

みやこわすれ
そのすがたの　なんというすずやかさ

とおいあのひ
ただただ　せつなく　くるしく
かぜのゆらぎにも　ふるえ
ときめいていたこと

あのひ

わたしたちは　なにも言えず
手もにぎれず
ただ　黙って歩いていた

二人の靴音が
いとしく響き
胸だけが　はげしく鳴っていた

あなたは　きゅうに
立ちどまり
「きれいな月が」と言った
わたしは　おもわず　あなたを見た
ひとみに月が
赤くうつっていた

見つめて　いられない

あなたの瞳の中には海がある
青く青く　どこまでも澄んで
じっと見つめていられない

ときどき　きらりと光る
いのちの奥の　もっと奥深くから
あらわれて　わたしをとりこにする
いのちのしみず

あなたはあまりに

からっぽのコップ
からっぽのかびん
なのに　わたしはそれを満たしてあげることができない
あなたは　あまりに清らかで
まぶしすぎる

わたしは　今だに　わたしが
何であるか分らず
あなたにかける言葉も分らず
ただただ　ときめいている

はんげしょう（半夏生）

もりの　ふかい　みどりのなか
うかんでさいている　はんげしょう
つつしみと　やさしさが
そのまま　はなのかたちになった

なんとすずしく
なんとしとやか
みどりばが　ひそかに
しろさを　ふかめていく

いま　うまれたかぜが
はっぱのうえで
なつを　さがしている

サクランボ

にじが　あまつぶといっしょに
おりてきて

ポロロン
わたしのてのうえで
サクランボになった

サクランボを
くちにふくむと　わかる
どんなにか　あなたを
いとおしく　おもっているかが

もも

おおらかに
ゆったりと
まろく
みつをたたえ

うちから
みちてくるものに
ときめき
べににそまり

あのひと

あのひとは　いつも
この川ぞいの道を通って
帰っていく

並木が　はるか遠くの
空にきえるまで

わたしは姿が見えなくなるまで
そこに立ち
あなたが　振り向いてくださることを
祈る

すみれ

はなをつみに　でかけたが
つまずに　かえってきた
一りんのはなのなかにも
あなたがいて
じっと　わたしをみつめていた

まなざし

あなたのまなざしは
わたしのこころを　ふるわせ
ぶどういろにした

なのに　あなたは
それにきづかず
どこまでもすんだそらのように
ただ　ほほえんでいるだけ

ねぎ

ねぎのはを
かぜが　ゆすっています
からっぽ　からっぽ
はっぱのなかには　なんにもない

いいえ
はっぱには　はいっています
じぶんを　いつも　からにして
あいてのことばかりを　おもう
きもちが

まっすぐに
みえないほどに　すきとおって

ききょう

あさがた　ゆめのなかで
かすかに　わたしをよぶこえがした

だれだろう
ゆめから　のぞくと
ちょうど　ききょうのはなが
ひらくところだった

きのう　のべであった　あのひと
かすかに　ききょうのかおりがしていた
あのひとが　ゆめのなかで
わたしを　よんでくださったのだ

Ⅲ　ざくろの実

あなたのすがたには

あなたのすがたには
うつくしいしらべが　ひそんでいる
そのこえは　このはのきらめき
そのむねは　うみのふくらみ
そのひとみは　つきのしずく

ふかく　やさしく
おとのないしらべを
かなでている

てまり

あなたはやさしく抱きしめ
希望のように　空へ
ほうりなげる
落ちてくるのを待って
さらに高く　ほうりなげる

やがて　あなたは
てまりにあきて　どこかへ行ってしまう

ひとりぼっちの　てまり
抱きとめてくれる人を待っている

ざくろの実

思いはざくろの実に　ひそんでいる

ことばの真珠
半分かけた月
鳥たちの夢
絵本のくじゃく
ぬれた瞳
ざくろの実の　ひとつぶひとつぶにも
あのひとが　きらめいている

ゆりかご

さびしい夕ぐれ
ゆりかごが　ゆれている
いつまで待っても
乗りてはない

わたしは　毎日
あなたに手紙を書き
ゆりかごを　ゆすっているのに
あなたからは返事がこない

森の祭り

ゆうべ
ほととぎすが一晩じゅう鳴いた

朝早く　森に行ってみると
野バラの花が咲いていた
白百合　かんぞうの花も
きのうまでは　つぼみだったのに
ゆうべ　森でお祭りがあったのだ

足元で　つゆくさが
瞳をぬらし空を見ていた

わたしを見る

ありが　わたしを見る
花が　わたしを見る
小鳥たちが　わたしを見る
樹木が　わたしを見る
山々が　わたしを見る
空が　わたしを見る

わたしは立ち上って
大きく深呼吸する

はるじおん

のべに
はるじおんのはなが　さいた
ほほを　うっすらと
べにいろにそめ
はじらいを　ひそめて

ふゆのかぜ
あめにたえ

ひっしに　いきてきたことなど
わすれてしまったように

どこまでも　やさしく
やさしさのほかには
なんにも　ないかのように

すぎる

あの人との待ち合せの時がせまっている
電車はどうしてこんなにのろいんだろう
外の景色ものんびりと走りすぎる
公園の噴水もいやに低い
遊歩道もくねくね曲りすぎる

時が樹々の上で　知らん顔している

手紙

外は吹雪
窓が　がたがた鳴っている
ストーブの火は　消えそうに細く
わたしは凍てつく手で
いくども　あなたからの手紙を
読み
ときどき　窓を開け
あなたの住む　西の空を眺める

雪をかぶった椿の赤い花が
ちらり　わたしを見た

雪

今朝もあなたのことを思っていた
雪が降りだした
みるみる積っていく

心はガラス窓のようだ
どんなにふぶいても
わたしの思いに入《はい》れはしない

あなたの声が聞こえる
雪が降る
あなたの笑顔が見える
雪が降る
けっして入れはしない

ちょうちょ

ちょうちょ
ちょうちょ
そんなにかわいらしく
やさしく
舞わないでほしい

あのひとは　遠くへ行ってしまった
おまえにたくす手紙は
もう　ないのだよ

ちょうちょ
ちょうちょ
今は　バラの花の
トゲが痛い

なつのおわり

サトイモのはっぱから
あさつゆが　おちた
いっしゅん　はたけが　しーんとした
ひまわりが　ふりむき
きゅうりが　のびをした

なすびのうえで
てんとうむしの　てんてんが
ゆめからさめて
ひらり
とびたった

Ⅳ

そこにあなたがいてくださることは

百日紅（さるすべり）

あなたはいつも　そこに
ほほえんで立っていた
どんなに激しい雨の日も
けっして　ほほえみを絶やさなかった

ある時は　背をすぼめ
ある時は　胸をおどらせ
ある時は　ただ黙々と
わたしは　そこを通った

わたしの日々を
あなたは　みんな見ていた

秋のおわり　わたしは小さな恋をして
木の下で　さめざめと泣いた
わたしの落す涙のうえを
あなたは　はらはらと
ほほえみで　おおった

苔の花

野辺の枯草をかき分けると
苔の花が咲いていた
顔を近づけないと
見えないほどの　ちいさな花

よりによって
こんな寒い冬をえらんで
ひっそりと　自分を咲いている

ああ　こんな花の咲かせかたもあるのだ
どんなに辺境の地でも
自分を見失わないで
ほこりを持って

そこにあなたがいてくださることは

そこにあなたがいてくださることは
なんとすてきなことだろう
庭で木の実が　小さな音をたてて落ちた
風が窓をたたいて　通りすぎていった
そんなことが嬉しい

いつものように顔を洗う音
廊下を歩く足音
そんなことが嬉しい

あなたが部屋で本を読んでいる
なにか書きものをしている
そんな気配が嬉しい

月の光に花壇のバラがふるえている
遠くで虫の音がする
そこにあなたがいてくださることは
なんとすてきなことだろう

冬のバラ

寒風に凍てついた　バラのつぼみ
開かないまま　枯れかけている

生きるということは　耐えるということか
どんなに傷ついても　それは生きているあかし
汚れに混わらず　まっすぐ生きているあかし

心の中のバラよ
うすむらさきのバラ
哀しみから生まれた　花びらの一枚一枚よ
風に耐え　風にみがかれて
ゆれるバラ
ふるえるバラよ

祈りのかたち

あまりに多くのかなしみに
出会ってきた
黒い影が　たえまなく通りすぎる
くる日も　くる日も

そのためにちがいない
花のかたちが　みな
祈りのかたちに見えるようになった
どの花も　どの花も

こぶしや　むくげ
すみれまでも
わたしは花たちに手を合せる
そんなにやさしく祈らないでほしいと
わたしたちのあやまちを
ゆるさないでほしいと

ひたむきな祈りの詩人

武鹿悦子

一九七六年に、かど創房から出版された植物詩集『ふたりしずか』を手にしたとき、私は、その際立ったリリシズムと美しい抒情に、心が震えるような感動を覚えた。

それは、やさしいひらがなばかりで綴られた、詩人と木や花々の愛の対話で、二十四と厳しく詩篇を選ばれたみごとな詩集であった。『ふきのとう』や、タイトル・ポエムなど、読むほどに澄んだ世界が一そう澄みわたってくる……。何気ない言葉のひとつひとつが、ここに置かれると涼やかな祈りの響きをもつことに驚き、どんな小さい命にも不偏に注がれる眼差しの愛に打たれた。

こんなにも清澄な魂の詩人がいる！　それが、私の、詩人・野呂昶との出会いであった。

以来三十年、その感動の変ることはない。

いま、野呂さんのあたらしい詩集『薔薇のかおりの夕ぐれ』の詩稿を前にして、私は、第一の読者の歓びと光栄を噛みしめている。『薔薇のかおりの夕ぐれ』、このタイトルから漂う甘美な香りは、『ふたりしずか』には、無かったもののように見える。

タイトル・ポエムは平明に、人を愛することの倖せをうたい、一連二連とも、「薔薇のかおりの夕ぐれ」という詩行が繰り返されている。薔薇の香りがたち込めるような甘美な夕ぐれは、人を愛したという記憶、人に愛されたという記憶がシルエットのように去来するものなのだろうか？　ふと、薔薇の香りとは外から齎されるものではなく、胸裏にひたひたと寄せる慕情そのものなのではあるまいか、と思えてくる。（心はなお　ほのかに明るく／空にただよい／／）という安らかな終連は美しく、印象的だ。

夕ぐれ、そして、夕ぐれがともす仄かな明かりに、野呂さんの美意識は強く刺戟されるのであろう。

静かな夕べ
落ち葉が　はらはらと散っている
葉の上には　まだ日がのこっていて
ほのかに明るい
（「ひとり思っている」部分）

葉の上にのこる陽の色、野菊がともす夕日、そうした仄かな明かりに浮かぶ「あなたを思っている」「わたし」は、そのまま敬虔な祈りの姿として心に移しとられる。思えば、名作『ゆうひのてがみ』の郵便配達は、夕日を少しずつちぎってはポストに投げ入れていくのだった。郵便がすっかり配り終えられたあと、家々の窓には、ぽっと明かりが点るのであった。

野呂さんの夕ぐれは美しい。そこにともされる仄かな明かりに、私は「祈り」を感じる。ほほえみの優しさと温かさを感じる。

いつから霧の中を歩いているのだろう
並木は姿をうしない
淋しさが影をつくり
空と地面が私の中を歩いている

いま小鳥が　ちっと鳴いたが
一瞬に凍てついてしまった
（「凍てつく小鳥」）

深い暗喩で、恋の側面の苦悩を描出している、編中唯一の打ちひしがれた詩である。

絶望と孤独の深い霧の中から逃れ出ることの出来ぬ苦しみを詩人はうたう。「空と地面が私の中を歩いている」という錯乱は苦悩そのものであろう。卓抜な技法である。また、「いま小鳥が　ちっと鳴いたが」のフレーズによって、それまでの霧の世界が失っていた「音」に気付かせられる。ここにも、音に「色彩」を見、光に「声」を聞く詩人の鋭い感覚が光っている。

野呂さんの詩は、全体に明るい。『サクランボ』など、いかにも若々しいセンスに溢れた楽しい詩で、イマジネーションの冴えが、実に愛らしいサクランボを描き出している。虹が雨つぶといっしょにおりてきて、わたしの手の上でポロロンとサクランボになったのだという。サクランボは、天から来たのだ。

サクランボを
くちにふくむと　わかる
どんなにか　あなたを
いとおしく　おもっているかが
（『サクランボ』終章）

この終章は甘酸っぱく、少し切ない。

詩集に収められた三十九篇の詩のうち、ひらがな表記の詩は十三篇ある。そのうち九篇が、次に挙げる『ねぎ』を含む植物の詩だ。

ねぎのはを
かぜが　ゆすっています

からっぽ　からっぽ
はっぱのなかには　なんにもない

いいえ
はっぱには　はいっています
じぶんを　いつも　からにして
あいてのことばかりを　おもう
きもちが

まっすぐに

みえないほどに　すきとおって

野呂さんは植物の詩を書かれるとき、殆ど例外なしにひらがなを選ばれる。慶ましく野に生きる命たちの優しさを描くのに、ひらがなほど相応しい文字が他にあろうか。その野呂さんのひらがなへの信頼は裏切られることなく、ひらがなは野呂さんの心と言葉を実によく載せる舟だ。

私は、野呂さんとはめったにお会いする機会がないのだが、以前、こんなような言葉を伺った記憶がある。「ぼくが女の人を思う気もちの中には、いつも母がいるのです……。」

そのことを、次の詩を読んで思い出した。

あなたが部屋で本を読んでいる／なにか書きものをしている／そんな気配が嬉しい／／月の光に花壇のバラがふるえている／遠くで虫の音がする／そこにあなたがいてくださることは／なんとすてきなことだろう／

（『そこにあなたがいてくださることは』部分）

この詩を読むと、繊細でちょっとシャイな少年が浮かんでくる。男の子というのは、母親に憧れをもつものらしい。そして、それはひどく恋に似た感情のようだ。

（そこにあなたがいてくださることは／なんとすてきなことだろう）と繰り返される詩行の

甘い陶酔、母の愛に包まれ母への愛をかかえた少年の、変声期にかかったくぐもり声が聞こえてくるような詩だ。
さて、愛の詩集の終章を、詩人は祈りの詩をもって結んでいる。

あまりに多くのかなしみに
出会ってきた
黒い影が　たえまなく通りすぎる
くる日も　くる日も

そのためにちがいない
花のかたちが　みな
祈りのかたちに見えるようになった
どの花も　どの花も

こぶしや　むくげ
すみれまでも
わたしは花たちに手を合わせる

そんなにやさしく祈らないでほしいと
わたしたちのあやまちを
ゆるさないでほしいと

（『祈りのかたち』）

『ふたりしずか』からずっと、詩人・野呂昶は、この祈りの灯をかかげつづけて来たのではなかろうか。そして、その祈りこそが、詩人に託された『天のたて琴』の、たまゆらの響きなのであろう。

（詩人）

〃あとがき〃にかえて

野呂昶

これらの詩たちは
わたしの青春の果実
あわく　せつなく　苦しく
ただ　ひたすら女神に
あこがれていた
口にふくめば
今も　あまく　にがい

だが青春は　青空のもとの
若葉のきらめき

小鳥のさえずり
生命《いのち》の泉から　湧きあがる
よろこびのしらべ

今もわたしの中で　ひそかにもえる

この詩集は、詩人吉田定一さんの強い薦めによって生まれました。心あたたまる解説をお書きいただいた詩人の武鹿悦子さん、美しい装画で詩集を飾って下さった畑典子さんと共に深甚の感謝の意を表します。ありがとうございました。

野呂昶（のろ　さかん）

1936年、岐阜県に生まれる。詩・絵本・古典文学の研究等で活躍。

詩集に「ふたりしずか」「おとのかだん」「いろがみの詩」「銀の矢ふれふれ」「海中水族館」「天のたて琴」など。絵本に「ふくろうとことり」「こわれた1000のがっき」「あまだれピアノのぼうし」など。その他、良寛詩抄「無絃の琴」「仏教説話大系」三十巻共著など。

「詩と音楽の会」「関西創作歌曲の会」「日本児童文学者協会」会員。

畑典子（はた　のりこ）

セツモードセミナー卒業後、フリーのイラストレーターに。広告、カレンダー、雑誌、教科書・児童書などのイラストを手掛ける。

1987年、サンリオ社「詩とメルヘン」イラストコンクールにて佳作受賞。

1993年、青山ギャラリーハウスマヤにて個展。

2001年、青山表参道にて原画展。

2003年、青山ピンポイントギャラリーにて原画展。

愛の詩集　5
薔薇のかおりの夕ぐれ
発行日　二〇〇六年十一月十日　初版第一刷発行
著　者　野呂昶
装挿画　畑典子
発行者　佐相美佐枝
発行所　株式会社てらいんく
〒二一五-〇〇〇七　川崎市麻生区向原三-一四-七
TEL　〇四四-九五三-一八二八
FAX　〇四四-九五九-一八〇三
振替　〇〇二五〇-〇-八五四七二
印刷所　株式会社シナノ
2006 Printed in Japan
 ISBN4-925108-78-6 C0092